ANATOLE DOMERGUE.

SORTIE

DE

BELFORT A BESSONCOURT

ET

MA CAPTIVITÉ.

POÉSIES D'UN MOBILE DU RHONE,

DÉDIÉES A MONSIEUR LE COLONEL DENFERT-ROCHEREAU,
EX-COMMANDANT DE L'ARMÉE DE BELFORT,
DÉPUTÉ A L'ASSEMBLÉE NATIONALE.

**La moitié du produit servira à la libération du territoire
et sera versée entre les mains du Comité lyonnais.**

LYON

En vente chez l'Auteur, rue Pizay, 5.

PRIX : 3 FRANCS.

SORTIE

DE

BELFORT A BESSONCOURT

ET

MA CAPTIVITÉ.

LYON. — IMPRIMERIE DE J. B. PÉLAGAUD

SORTIE

DE

BELFORT A BESSONCOURT

ET

MA CAPTIVITÉ.

POÉSIES D'UN MOBILE DU RHONE,

DÉDIÉES A MONSIEUR LE COLONEL DENFERT-ROCHEREAU,
EX-COMMANDANT DE L'ARMÉE DE BELFORT,
DÉPUTÉ A L'ASSEMBLÉE NATIONALE.

Français, vois-tu du Nord te venir la misère?
Vois ce peuple prussien morceler ta frontière.....
Réveille-toi, Français !..... Fais flotter ces drapeaux
Que les rois allemands t'ont fait mettre en lambeaux.

LYON

IMPRIMERIE DE J. B. PÉLAGAUD

Rue Sala, 58

1872

A

MONSIEUR LE COLONEL DENFERT-ROCHEREAU,

Ex-Commandant de l'armée de Belfort,

Député à l'Assemblée nationale.

Les témoignages de sympathie qui vous ont été donnés par la ville [entière de Lyon, le courage et la bravoure que vous avez déployés dans la belle défense de la noble ville de Belfort, me font un devoir, à moi, simple mobile du Rhône à Belfort, de vous offrir, à vous, mon Colonel, la dédicace d'un petit ouvrage de poésies narrant un fait du siége, dont je faisais partie : *La sortie de Bessoncourt.*

Le but de ces poésies, qu'un grand nombre de vos mobiles attendent de voir paraître, m'est inspiré par un sentiment patriotique : c'est pourquoi je destine la moitié du produit pour servir à la libération de notre territoire envahi par les Prussiens.

Persuadé, mon Colonel, que vous voudrez bien agréer la dédicace de ces poésies, faites sans prétentions de ma part, et que vous daignerez vous associer au sentiment patriotique qui me pousse à les faire paraître,

Je suis, mon Colonel, votre dévoué mobile,

A. DOMERGUE.

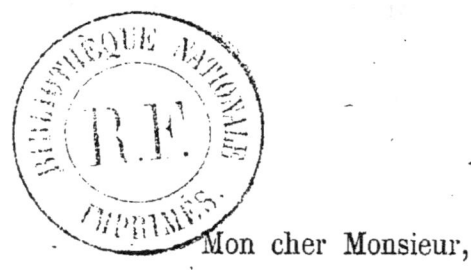

Mon cher Monsieur,

J'ai reçu l'épreuve de vos poésies sur la *Sortie de Bessoncourt* et la lettre que vous y avez jointe pour me prier d'en accepter la dédicace.

Tous les témoignages de sympathie qui me viennent des militaires des divers corps que j'ai eu l'honneur de commander à Belfort me sont extrêmement sensibles.

Aussi je ne veux pas tarder à vous remercier, mon cher Monsieur, d'avoir bien voulu me dédier votre volume de poésies.

Veuillez recevoir, mon cher Monsieur, mes salutations cordiales.

DENFERT-ROCHEREAU.

Paris, le 18 Juillet 1872.

AVANT.

***

C'était lors du repos du peuple souverain
Qu'on entendit soudain des fanfares bruyantes;
Dans les villes déjà roulaient l'acier, l'airain ;
On voyait nos soldats, leurs armes foudroyantes,
Saluer le beau jour par eux tous attendu ;
La voix d'un seul criait : « Guerre ! guerre à la Prusse ! »
On se leva content, on avait entendu.
L'Italien, l'Espagnol, l'Autrichien et le Russe

Tremblèrent d'arrêter dans leurs sanglants débats

Ces deux peuples hautains, jaloux, ardents, terribles,

Aimant le fer, le feu, la poudre, les combats,

La gloire, les honneurs, les batailles horribles.

Pour nous, à Sarrebruck, nous eûmes un matin

Un faible éclair d'espoir , celui de la victoire,

Ce fut tout. O Français ! l'empereur assassin

Nous donna Freschwiller, ainsi fuit notre gloire.

Sédan nous attendait, entraînant après lui

Un empire odieux, son souvenir infâme,

Sa honte et ses remords... Mais le soleil reluit.

Les Français, secouant la douleur de leur âme,

Se souviennent bientôt qu'il fut des temps heureux

Où leurs pères criant : *Vive la République!*

Revendiquaient leurs droits, devenaient valeureux,

S'occupaient constamment de la chose publique :

C'était nonante-deux.... Français , tu t'en souviens,

De ces soldats d'un jour, sans souliers , sans tunique ,

Qui furent du pays les redoutés soutiens,

De toutes parts le cri : *Vive la République !*

Retentit aussitôt. Superbe fut alors

Ce peuple ayant subi dix-huit ans d'esclavage,

Se levant tout à coup pour combattre au dehors

Un ennemi vainqueur, lui barrer le passage,

L'arrêter sur ses pas, lui demandant la paix,
Qu'un homme impie avait en un moment troublée.
Cette paix désirée, avec tous ses bienfaits,
N'arriva pas. La France, impuissante, affolée,
Auprès d'elle appela chacun de ses enfants;
J'accourus aussitôt, voulant ma part de gloire.
« Allez, dit-elle à tous, soyez hardis, vaillants ;
« Faites votre devoir, conservez ma mémoire ;
« Battez-vous bravement sans craindre le danger,
« Vous reviendrez vainqueurs auprès de votre mère. »
Je partis pour Belfort, content, le cœur léger,
Entendant le canon, le bruit sourd de la guerre.

UNE HEURE DE COMBAT.

Déjà minuit sonnait aux clochers de Belfort,
Le silence régnait dans tout son château fort.
Ce nouveau jour était le quinze de novembre,
Nous étions endormis dans une vaste chambre,
Il tombait de la neige au-dessus du château.
Sentinelles, veillez ! entendait-on là-haut.
Ce cri se rapprochait et s'éloignait de suite.
Tel qu'un homme soudain prend aussitôt la fuite,

Sentant qu'on le rejoint, quand il est poursuivi ;

Ainsi fuyait le cri dès qu'il était ouï.

Bientôt on entendit sonner deux et trois heures.

Les soldats dormaient tous dans leurs froides demeures.

Tout à coup de nos chefs, on entendit les pas :

« Levez-vous promptement, nous dirent-ils tout bas,

« Préparez-vous ; prenez vos cartouches, votre arme ;

« Les Prussiens sont tout près, il faut qu'on les désar-

[me. »

Ensemble tous sur pied nous nous trouvions soudain,

Prêts à marcher au feu, demandant le chemin.

Le capitaine dit, nous montrant un village :

« Là-bas est Bessoncourt, son grand bois sans feuillage,

« C'est là que nous irons, nous y serons tantôt.

« Ne craignez pas le feu, vous le verrez bientôt. »

En effet, nous sortons de notre citadelle,

Nous tenant à ses murs, car nous glissions sur elle.

Nous fûmes lentement, écoutant chaque bruit

Qu'on entendait parfois au milieu de la nuit.

Tout à coup j'entendis, en cette heure muette,

Passer, voler, siffler au-dessus de ma tête.

Bruit étrange et confus, c'était bien le canon ;

Ce coup venait du fort. Était-ce trahison ?...

J'en ai douté souvent, ici j'en doute encore.

Mais pourquoi ce seul coup, si violent, si sonore?...

Enfin, en parcourant doucement le chemin,

A Pérouse, il tinta quatre heures du matin.

La lune, en ce moment, montrait son disque pâle,

Le vent sifflait parfois comme siffle une balle.

On vit trois cavaliers voulant nous dépasser ;

Sur deux rangs on nous mit pour les laisser passer.

Ils formaient tous les trois notre cavalerie.

N'était-ce vraiment pas une sotte incurie ?

En marchant pas à pas poursuivant le chemin,

Nous dépassons bientôt le petit bourg voisin ;.

Nous arrivons enfin près de notre avant-garde,

« Qui vive ? » cria-t-elle en se mettant en garde.

« — France. — Passez ; là-bas, soignez ce feu qui luit. »

Dès lors nous repartons, évitant un seul bruit ;

Nous nous disséminons pour traverser les terres,

Armons notre fusil, fermons nos tabatières,

Allons dans des fossés, en marchant doucement,

Examinons partout un moindre mouvement,

Regardons dans la nuit si nous verrions une ombre,

Fixons dans le lointain tout point qui semblait sombre :

Car il allait pour nous de la vie ou la mort,

Un seul regard perdu décidant notre sort.

Nous avancions toujours sans voir la moindre chose,

Nous demandant déjà pourquoi, pour quelle cause,
On nous faisait marcher depuis un si long temps.
C'était en nous livrant à ces raisonnements,
Que quelques-uns de nous, traînards, tiraient l'oreille,
Ne se souciant pas d'être à fête pareille.
On entendait parfois notre sous-lieutenant
Nous disant à voix basse : « En avant ! en avant ! »
Alors chacun marchait en se portant au large.
Tout à coup un appel, suivi d'une décharge,
Nous épouvante tous, nous frappant de stupeur.
Ce sentiment passé, revenant de la peur,
Nous nous relevons tous, car nous étions à terre :
La frayeur avait pu ce qu'on ne veut pas faire.
Sans viser devant nous, nous tirons toutefois,
Rechargeons nos fusils pour la deuxième fois ;
Les coups partaient toujours, nous rechargions de suite,
Nous plaisant, eût-on dit, voir ces coups dont la fuite
Nous montrait dans la nuit un jet de feu brillant.
Pour ma part, d'un seul bond à droite m'élançant,
J'allai contre un gros arbre, un noyer, il me semble ;
Là, tirant, on eût dit les coups partir ensemble,
Tant je mettais d'ardeur au moment de l'action.
Je tirais hardiment, sans précipitation,
Visant rapidement où je voyais une ombre :

Car ces rusés prussiens n'étaient pas en grand nombre ;

Surtout que, se trouvant dans un retranchement,

Leurs corps étaient cachés presque totalement.

Quelquefois cependant j'apercevais leurs têtes,

Je faisais feu dessus ; mais ces furieuses bêtes

Se vengeaient à leur tour. Voyant les directions

D'où leur venaient nos coups, ils braquaient leurs canons,

Ils nous fauchaient alors. O tristes représailles !

Tel un volcan vomit du sein de ses entrailles

Un feu nourri, puissant, projetant de partout

Ses feux incandescents ; ainsi pleuvaient sur nous

Les balles, les obus de ces Prussiens nomades.

Cela m'était égal de voir leurs fusillades,

Couvert comme j'étais derrière mon noyer,

Je tirais constamment sans jamais m'effrayer.

En un moment donné, j'entends le capitaine

Appelant ses soldats dispersés dans la plaine.

Les cherchant de partout, voulant les diriger

Contre nos ennemis, qu'il fallait déloger.

« Que le premier de vous, dit-il, de tous mes hommes,

« Me dise où sont les miens et me dise où nous sommes.

« — Ils sont ici, lui dis-je, ou du moins presque tous.

« — Si vous voyez venir l'ennemi près de nous,

« Ajouta-t-il encore, avertissez de suite. »

Je répondis : « C'est bien. » Sans attendre la suite,

Je chargeai mon fusil pour tirer dans le tas.

Tout à coup, dans la nuit, accourant à grand pas,

Sur la gauche, je vois les Prussiens, dans les terres,

Venant nous prendre en flanc, surprendre nos derrières.

Aussitôt je criai : « Les Prussiens ! les voilà ! »

Un de nos commandants, qui se trouvait par là,

Croyant que je donnais l'ordre de la retraite,

Pestait et tempêtait. Je dis, tournant la tête :

« Qui donc a commandé ? » Remplissant mon devoir,

Une faute je fis sans m'en apercevoir.

L'ennemi cependant pataugeait dans les terres,

Recevant de nos forts les bombes meurtrières ;

Il jugea très-prudent de rentrer aussitôt.

Il fit très-bien, ma foi, ce n'était pas trop tôt.

Me trouvant le premier de toute la colonne,

Il nous tirait dessus, mais ne touchait personne.

A quarante pas près de leurs retranchements,

Je bravais, tout joyeux, les feux des Allemands.

J'étais heureux, content; mais mon arbre, à la place,

Souffrira de leurs coups, dont il porte la trace.

Le jour reparaissait quand, au bord d'un fossé,

Je vis un chirurgien qui soignait un blessé.

Au combat, qu'il est beau de voir une ambulance

Courir vers des blessés, qu'elle prend, qu'elle panse,
Les visitant partout sans s'occuper des feux,
Les touchant, les tâtant, et se penchant sur eux!
Par-ci, par-là, je vois, ô terrible spectacle!
Des morts et des blessés. O guerre épouvantable,
Qui viens nous enlever des frères, des amis!
Tu les prends bien portants, tu nous rends leurs débris;
Te moquant des humains comme de choses pires,
Tu les moissonnes tous pour remplir tes empires;
Les coupant, les hâchant en cent petits morceaux;
Après ceux-ci, ceux-là, tu grandis les monceaux.
O siècles à venir! levez un peu vos têtes,
Regardez tous ces morts! sont-ce là des conquêtes?
Maudissez les tyrans qui nous font mitrailler
Pour jouir des plaisirs qui doivent les souiller...
Oh! oui, maudissez-les, ces tyrans implacables
Qui s'arrogent entre eux des droits inacceptables,
L'Eternel pouvant seul d'un homme disposer.
Siècles, souvenez-vous qu'il faudra s'opposer,
A partir de ce jour, à ces honteuses guerres;
Les hommes étant faits pour vivre tous en frères....

Depuis un grand moment, visant avec ardeur,
Mes balles je lançais comme un vrai tirailleur;
Regardant les Prussiens et non plus en arrière,

2

Tous mes amis vraiment ne m'occupaient plus guère;
Toutefois, n'entendant qu'au loin tirer nos feux,
Je me retourne. Seul ! Non, nous n'étions pas deux.
Ils se sauvaient avant qu'on sonnât la retraite.
J'étais là cependant, vers eux tournant la tête;
Ils couraient dans les bois, pour se cacher dessous :
C'était honteux, ma foi, pour la France et pour nous.
En ce cruel instant, un parti je pris vite.
Là je vois un fossé, je m'y jette de suite;
Je tirais quelques coups quand je vis, par là-bas,
Aller vers les Prussiens six hommes, six soldats,
Qui, tournant leurs fusils, en élevaient les crosses;
Je les voyais courir prenant toutes les poses.
Les lâches ! tous les six, voulaient montrer ainsi
Qu'ils venaient pour se rendre et demander merci.
Honte, jaillis sur eux; laisse tomber un blâme
Sur ces traîtres soldats, sur ces Français sans âme !

Mais, à ma droite, aussi je vis des combattants ;
S'ils étaient peu nombreux, ils étaient tous vaillants;
A peine cinq ou six, ils tiraient avec rage;
De leurs feux je voyais s'élever un nuage.
Vous étiez braves, vous; honneur vous soit rendu !
Le chirurgien avait, d'un soin inattendu,
Abandonné les siens à toutes leurs souffrances.

Les laissant torturer par des douleurs immenses ;
J'entendais tous leurs cris, leurs plaintes, leurs sanglots ;
Je les voyais bouger, se coucher sur le dos.
Ils attendaient ainsi des humains secourables
Qui pussent les panser de leurs mains charitables :
Espoir vain et déçu ! L'un d'eux, m'apercevant,
Me dit : « Achevez-moi, tirez à bout portant. »
Je lui dis : « Vous tuer ! non, je ne veux le faire. »
J'ai vu nos morts couchés, la face contre terre ;
O spectacle navrant ! ils étaient étendus
Là, roides, jaunes, verts, tous leurs membres tendus,
Assez de souvenirs !... J'en garde la mémoire.
Vous, rois, voyez ces maux qu'engendre la victoire ;
Combattez pour un nom, si vous avez du cœur.

Il fallait se sauver ; sans crainte ni frayeur,
Malgré tout le péril que présentait ma fuite,
Car des feux continus venaient me faire suite ;
Je marchais, je rampais, me couchant par moment
Au fond du lit boueux de mon fossé mouvant.
A peine trente pas j'avais fait dans la vase,
Que je vois un fusil, qu'aussitôt je ramasse,
Espérant le sauver des mains de l'ennemi.
J'arrive près d'un homme, un soldat, un ami ;
Il était étendu, la face contre terre,

2.

Privé de mouvement. Je ne savais que faire.

Oh! qu'il est répugnant de marcher sur les morts !

Cependant il fallait lui passer sur le corps,

Sous peine d'être vu poursuivant ma retraite.

Je m'y décide enfin ; ma botte sur sa tète

Je mettais tout à coup pour le franchir d'un bond.

O surprise ! ce corps d'un mort ou moribond

Hurla, cria, jura, me fixant avec rage.

Je le fixais aussi, lui scrutant le visage,

Qu'une couche de vase avait par trop blanchi ;

Je n'avais souvenir. « Comment ! c'est vous ici ?

« Commence-t-il à dire. — Oui c'est bien moi, lui dis-je.

« Que faites-vous donc là ? Pour vous sauver que puis-je ?

« — Couchez vous, me dit-il, on nous tire dessus,

« Les Prussiens vous ont vu , garez-vous des obus. »

Je me couchais un peu, laissant passer les balles.

Me relevant bientôt de ces fanges si sales,

Je dis : « Que faites-vous dans un pareil état ?

« Etes-vous donc blessé , pour vous coucher à plat ?

Il répondit : « J'ai peur... Méfiez vous encore ,

« On vous voit. Entendez la décharge sonore

« Qu'on tire exprès pour vous. » Sans nous faire de mal,

Devant nous des obus, au bruit sourd , infernal ,

Eclataient en morceaux. « Il faut partir, me suivre.

« Lui disais-je aussitôt : car on peut nous poursuivre ,

« Nous faire prisonniers. — J'attends la fin des feux.

« — Eh bien ! restez, je pars.» Puis laissais mon peureux.

Cheminant, j'arrivais au point où l'ambulance

Avait à nos blessés prêté son assistance.

Je vis là deux soldats, l'un couché, l'autre droit.

Je disais au dernier : « Partez de cet endroit ;

« Les Prussiens vous prendront, sortant de leur redoute.

« — Mon pays est blessé, près de mourir sans doute ;

« Je ne puis le laisser. Il sera bientôt mort,

« Alors je partirai. » Les laissant à leur sort,

Je marchais bien longtemps, peut-être près d'une heure,

Pour faire quelques pas dans ma triste demeure.

J'arrive cependant auprès d'un petit pont

Qui des bords de la route en tenait tout le long ;

J'y pénétrais bientôt. Là, je vois près de trente

De nos soldats blottis. Anxieux dans l'attente ,

Ils escomptaient du sort le terrible destin ;

Du combat commencé , confiants dans la fin ,

Ils espéraient alors pouvoir se trouver libres.

Un blessé près de moi, de qui je vis les fibres

De sa face trembler, me dit : « Que devenir ?

« Voyez, je perds mon sang, je vais bientôt mourir. »

Je prenais dans mon sac une liqueur vermeille,

Ainsi qu'un linge usé que j'avais mis la veille ;

Puis, sur son bras ouvert, j'appliquais tout ceci.

Mon blessé murmura : « Vous me sauvez, merci. »

Il fallait cependant continuer ma fuite.

Je disais aux Français : « Qui veut me faire suite ?

« Je pars malgré les feux qui convergent vers nous ,

« Ce pont n'étant pas sûr pour y rester dessous.

« —Restez, me dirent-ils, car vous pourriez nous vendre ;

« L'ennemi vous voyant, ici viendrait nous prendre. »

J'hésitais, toutefois je préférais m'enfuir

Qu'attendre les Prussiens, qui pouvaient bien venir.

De vase, sous ce pont, la surface était pleine ;

Il était bas, étroit ; on s'y tenait à peine ;

Il fallait se courber, ne pouvant pas s'asseoir,

Sur son terrain boueux. Je m'empressais de voir

Comment je partirais. Pour regarder la route

Qu'il me fallait franchir, je sortais de la voûte

La moitié de mon corps ; mais des balles bientôt

S'aplatirent au mur. Je rentrais aussitôt

Sous mon pont protecteur, où, restant en silence,

J'attendis un moment pour montrer ma vaillance.

Nous espérions toujours de voir la fin des feux,

Nous entendons parler. Les Prussiens! c'étaient eux.

Ils criaient en courant au beau milieu des terres ,

Ramassant tous nos morts, leurs armes meurtrières ;

Ils arrivent vers nous, prêts à nous fusiller ;

Ils prennent nos fusils, puis veulent nous fouiller ;

Ils nous sautent dessus comme sur une proie ;

Sur leurs grands fronts ridés, nous y lisons la joie.

Nous nous rendons enfin à ces maudits Prussiens ;

Ils riaient de plaisir, nous montrant les chemins

Que nous avions laissés, conduisant au village.

Je partais, je courais, ayant au cœur la rage.

Tout à coup j'entendais de notre château fort

Partir avec fracas un coup violent et fort.

Le boulet s'avançait de seconde en seconde,

Franchissant d'un seul trait une route profonde ;

Je courais en zig-zag, cherchant à l'éviter,

Et trouver un endroit pour pouvoir m'abriter.

Je le sens près de moi.... sa course s'accélère....

Il éclate.... j'entends.... puis je me trouve à terre....

Une forte douleur j'éprouvais sur le coup ;

Je frottais mes cheveux, je me tâtais le cou,

Dans mon dos il tombait une fine poussière ;

Me relevant bientôt, je regarde en arrière,

Je vois un trou béant au milieu du chemin.

Pour la deuxième fois, j'entends sonner l'airain.

Je cours vers un noyer. Au moment où j'arrive

J'entrevois un boulet d'une violence vive

Eclater près l'endroit où l'autre était tombé.

Debout, j'étais content de m'être dérobé

Aux engins meurtriers de notre citadelle.

Belfort ! Pourquoi lancer, de ta main si cruelle

Ces terribles obus, sur nous autres Français ?

Vers le camp des Prussiens, cependant je m'en vais ;

Dans leurs retranchements tout essoufflé j'arrive.

De ce spectacle affreux, faites que Dieu vous prive,

O lecteurs ! Je vois là, rangés et réunis,

Les corps de nos soldats, les corps de nos amis ;

Ils sont déjà roidis, étendus sur la terre,

Attendant en l'état leur demeure dernière.

Le corps qui, le premier, me tomba sous les yeux,

Fut notre commandant, un homme courageux.

Il était près de moi quand le frappa la balle,

Il venait de montrer une ardeur sans égale ;

Soldat de Haute-Saône, il voulait que les siens

Fussent premiers au feu pour marcher aux Prussiens.

Il n'en fut pas ainsi. Mais, vous tous, soldats braves,

Tombés au champ d'honneur ; du sort pauvres épaves,

Nous penserons à vous et nous nous souviendrons

De ce jour si fatal. Oui, nous vous vengerons !

   Il me fallait pourtant continuer ma route.

Cédant à ma douleur, à tout ce qu'il en coûte
D'abandonner ses morts aux mains des ennemis,
Je faisais mes adieux à ces pauvres amis.

Allant, je vois partout des Prussiens en grand nombre,
A l'aspect repoussant, au regard dur et sombre ;
Ils regardaient en l'air, se moquant de nos feux ;
Je voyais le plaisir se dépeindre en leurs yeux.

A mes côtés, je vois un sergent de mobile,
Ses mains au genou droit, se tenant immobile :
« Vous ne pouvez marcher ? lui disais-je aussitôt.

« — Frappé par un obus, répondait-il bientôt,
« Je ne puis plus aller. J'ai reçu dans la cuisse
« Un éclat douloureux, mon sang coule et m'épuise. »
Un mobile je vois. « Emportons-le tous deux , »
Lui disais-je de loin. Avec un mal affreux,
Son genou tout ouvert, nous ne pouvons qu'à peine
Le porter à nous deux ; le voir nous faisait peine.

Un Prussien était là nous regardant tous trois,
Il prend notre blessé ; puis encor je le vois
Le chargeant sur son dos, courir vers l'ambulance.
Un de ses compagnons, voyant cela, s'avance,
Présentant un brancard qu'il tenait à la main ;
Ce brancard était nôtre et pris sur le terrain
Où nous l'avions laissé.... Nous couchons le malade,

Puis nous portons ainsi ce pauvre camarade.

Au milieu du parcours, on nous lance un obus.

Nous avançons quand même, il nous passe dessus.

Nous arrivons enfin au-devant d'une grange,

Nous posons le brancard. Notre mobile on range

Pour le porter dedans. Nous entrons, et je vois

Des blessés étendus sur des planches de bois ;

Près d'eux un chirurgien. C'était une ambulance.

Il prend notre sergent, aussitôt il le panse.

Mon camarade et moi, de ce lieu nous sortons,

Suivis par deux Prussiens ; bientôt nous pénétrons

Dans le chétif réduit d'une pauvre chaumière.

Là, mon corps affaibli, je glissais sur la pierre.

APRÈS.

Quand je revins à moi, je scrutais les regards ;
J'étais bien prisonnier, oui, prisonnier de guerre.
Assis sur un vieux banc, sans voir, les yeux hagards,
Je pensais à la France, et rêvais à ma mère....
O souvenirs amers qui vîntes m'assaillir,
En ce fatal instant! fuyez de ma mémoire.
Fuirez-vous de mon cœur, que je sens tressaillir?
Fuyez! vous dis-je, au loin, remportez votre gloire!

Un Prussien vint m'offrir un morceau de pain noir ;
Je refusais son pain, il m'offrit un cigare ;
Je l'allumais vraiment sans m'en apercevoir,
Etonné que j'étais de ce don si bizarre.
Mes esprits revenant à la réalité ,
J'envisageais mon sort, ma position nouvelle :
Je me voyais conduit par la fatalité
Au milieu des Prussiens, dans une citadelle ;
Je me voyais traîné de prisons en prisons ,
Recevant tous leurs coups, entendant leurs injures ;
Je me voyais vengeant, soit leurs coups, leurs affronts,
Subissant des vainqueurs les terribles tortures.
Sur un signe qu'on fait, qu'il nous fallait partir,
Mon camarade et moi nous sortions de la grange ;
Au dehors, je cherchais un lieu sûr pour m'enfuir :
C'était un vain espoir, une espérance étrange ,
Nous trouvant entourés par de nombreux Prussiens.
Nous arrivons bientôt vers une autre chaumière.
J'allais y pénétrer, quand je vois nos gardiens
Nous montrant de jeter nos cartouches à terre.
Je posais ces engins sur un énorme tas
Que je voyais au coin de cette maisonnette ;
Ce devoir accompli, nous suivons pas à pas
Un Prussien qui montait en haut d'une chambrette.

Il nous ouvre une porte et nous fait pénétrer
Au milieu des Français, réunis dans la salle.

Quelques-uns des Français, en nous voyant entrer,
Accourent me toucher une main amicale.

Nous parlons, nous causons de notre nouveau sort,
Entourés d'Allemands à la mine joyeuse.

Soudain je vois paraître un homme au noble port ;
Il nous aborde et dit, d'une voix doucereuse :

« Soldats, avez-vous faim ? Vous nous avez surpris,
« Mais nous vous attendions... Pourquoi cette sortie?
« Vous alliez un peu loin pour n'être pas tous pris.

« Est-ce ainsi que l'on va contre forte partie ?

« Celui qui vous menait, est un naïf enfant (*sic*).

« Mes hommes vont manger, vous mangerez ensuite. »
Celui qui nous parlait, c'était le commandant
De l'armée assiégeante. Il dit, et puis sa suite
Le conduisit au bas du petit escalier.

Je la vis remonter, nous demandant nos armes.

Je montrais un canif au plus jeune officier.

C'étaient nos revolvers qui causaient leurs alarmes.

Personne n'en ayant, un officier fit signe
De garder nos couteaux, ou du moins les plus courts.

Trois par trois, aussitôt il nous fait mettre en ligne,
Nous compte, nous recompte, et nous fait un discours

En très-mauvais français. Il voulait nous convaincre
Que nous serions contents de nous trouver chez eux,
Que Belfort tomberait, qu'ils espéraient le vaincre
Au bout de quelques jours, que nous étions heureux
D'être faits prisonniers. Je retenais ma rage
Pendant que nous parlait cet orgueilleux Prussien ;
Je sentais tout mon sang refluer au visage ;
Mais je me contenais dans un sage maintien.
Il descendit enfin, me laissant à moi-même ;
J'étais confus, honteux de ce qu'il avait dit ;
De rouge qu'elle était, ma face devint blême ;
Ma tête dans mes mains, je cachais mon dépit.
Je restais un moment dans un profond silence ;
Alors il me semblait que nous serions vainqueurs
De ce peuple insolent, de cette vile engeance ;
Qu'un jour très-rapproché verrait fuir nos malheurs.
Je disais : « O beau jour ! active ta venue,
« T'appellerai-je en vain ? Regarde tous nos maux,
« Viens au devant de nous, j'attends ta bienvenue,
« Accours pour relever les plis de nos drapeaux. »
Ma tête s'égarait en cette heure mortelle.
Pouvais-je souhaiter ce qui ne nous vint pas ?
La victoire fuyait, quand nous courions vers elle,
Emportant notre honneur, nous laissant le trépas,

Des Prussiens cependant nous apportent la viande,
Le pain, le café noir, que l'on nous destinait;
Chacun mange à sa faim, servi dès sa demande,
Par de blonds Allemands que ce travail distrait.
Je les vois si contents, qu'ils versent l'eau-de-vie
A ceux de nos soldats qui veulent en goûter.
Dès qu'ils voient notre faim à peu près assouvie,
Ils donnent le tabac que l'on vient d'apporter.
Le début était bon. Je ne m'attendais guère
Voir l'accueil qu'on nous fit à ces premiers instants.
Il nous choyaient alors, tandis que la misère
Rongeait dans leurs prisons nos pauvres combattants.
Je pris vite parti de mon sort détestable.
Voyant un Allemand qui parlait aux Français,
Je l'appelais d'un geste, et là, sur une table,
Il crayonnait les mots qu'en français je faisais.
J'appris en peu d'instants par sa voix, par son geste,
Quelques mots d'allemand que je voulais savoir;
Je le voyais ravi. Sa gaîté manifeste
Me montrait qu'il voulait ce qu'il fallait prévoir :
C'était ma pipe en bois que son instinct cupide
Lui faisait désirer. Il pensait au plaisir
De sa chère Chreetchen quand, d'une main timide,
Il mettrait à ses pieds ce tendre souvenir,

Souvenir qu'il aurait gagné dans la bataille,

En bravant un danger que lui seul a connu,

En affrontant nos feux, nos obus, la mitraille.

Tendre et preux Allemand, qu'es-tu donc devenu ?

Tu dois être couché, sans doute, sous la terre :

Adieu tes souvenirs, ta pipe, tes cadeaux.

Tu ne dois regretter que ton paratonnerre,

Maintenant que tu dors dans le fond des tombeaux.

Tout à coup un obus, ébranlant notre porte,

Eclate sous nos murs avec un grand fracas,

Eclaboussant partout de sa puissance forte

Nos gardiens allemands qui se trouvaient en bas.

Je les voyais courir ; debout à ma fenêtre,

Je riais, de bon cœur, de les voir si peureux ;

J'avais tort cependant : car nous fîmes peut-être,

Quelques heures après, ce qu'ils avaient fait, eux.

Le calme revenant, j'entends dire au mobile

Que je vois à côté, qu'on veut nous mitrailler.

Il tremblait de frayeur, et de sa voix fébrile

Il vint me demander : « Doit-on nous fusiller? »

Je me moquais de lui, de son angoisse vive ;

Je riais de le voir dans cet abattement ;

Mais il n'avait pas tort dans sa douleur naïve :

Car notre état-major nous avait bêtement,

Sans penser aux livrets, fait faire la sortie;
Aussi pour les Prussiens nous étions francs-tireurs,
Que faire en cet état?... Je prenais à partie
Des lignards prisonniers. Ils dirent aux vainqueurs
Qu'appelés par la loi, sous les armes françaises,
Nous étions enrôlés tous régulièrement.
Ce récit terminé, nous reprenions nos aises,
Nous trouvant tout heureux de cet arrangement.
Aussi, touchant la main aux soldats de la ligne,
Je les remerciais de nous avoir servis
Par leur ton véhément, leur conduite si digne.
De nous voir si contents, ils en étaient ravis.
Un sergent de la ligne avait une blessure
Qui le faisait souffrir. Je visitais son mal;
Puis, demandant de l'eau pour faire une lavure,
J'appliquais sur sa plaie un calmant cordial.
J'avais à peine fait, que soudain notre porte,
S'entr'ouvrant brusquement, me fit apercevoir
Un officier prussien. Il dit : « Je vous apporte
« Un ordre de départ, et vous serez ce soir
« Au village voisin, qu'on nomme la Chapelle.
« Préparez-vous, Français, pour partir au plus tôt. »
A peine avais-je appris cette grande nouvelle,
Que je fermais mon sac et fus prêt aussitôt.

3

Nous descendons en bas, il tombait de la pluie.

On vient nous recompter pour la troisième fois.

Je vois le commandant, qui sur mon bras s'appuie,

Me faisant de son corps supporter tout le poids.

« Etes-vous chirurgien ? commence-t-il à dire.

« — Je suis simple mobile, habitant de Lyon.

« — Je vous croyais gradé, dit-il, avec sourire.

« — Je suis vraiment charmé d'avoir votre opinion,

« Mais vous faites erreur. — C'est une grande ville

« Que celle de Lyon, je la connais très-bien,

« J'ai visité ses forts de prise difficile. »

J'allais continuer ce stupide entretien,

Quand tout à coup j'entends d'une vive violence

Nous venir de Belfort un obus meurtrier,

Que sur nous, sans motifs, bravement on nous lance.

Chacun de nous se sauve, et vient se replier

Dans un parfait désordre, au dedans de la grange.

L'obus passe en sifflant, éclatant à vingt pas.

Le commandant riait de son sourire étrange,

Se moquant de nos feux, ne faisant point de cas

De l'obus qui passait au-dessus de sa tête.

On nous fait revenir où nous étions avant.

Je vois le commandant, qui près de moi s'arrête,

Se mettant face à face et se tenant devant.

Il me dit : « A Belfort, ètes-vous un grand nombre?

« — Le dire, je ne puis, n'ayant pu nous compter ;

« Mais ils sont si nombreux, que la ville s'encombre

« Des nouveaux combattants qui viennent l'habiter.

« — Pour nourrir tout ce monde, avez-vous bien des vi-
[vres?

« — La viande fraîche on donne à chacun des repas ;

« Les greniers sont gorgés de trois cent mille livres ;

« Je ne sais vraiment point ce que nous n'avons pas. »

Il me dit : « C'est très-bien, je vais donner un ordre ,

« Afin que l'on vous traite aussi bien qu'on pourra. »

Un officier nous vit dans un si grand désordre,

Qu'il fit presser nos rangs, qu'aussitôt on serra.

Sur un signe d'appel, cinq uhlans s'approchèrent.

Je vis des fantassins se mettre devant nous.

« Chargez! » dit l'officier. Leurs armes ils chargèrent.

« Vous voyez, nous dit-il, ces balles sont pour vous,

« Si jamais vous vouliez tromper la vigilance

« Des soldats qui sont là pour vous accompagner.

« Vous entendez, Français , gardez l'obéissance.

« N'essayez pas de fuir, n'ayant rien à gagner. »

Il dit, et puis lui-même il nous ouvre la route

Qui devait nous conduire au bourg de Bessoncourt.

Nous traversons le bourg... O lecteurs! qu'il m'en coûte

5.

De vous faire passer sur le même parcours

Où nous allions alors en ces fatales heures !

J'ai vu sur mon chemin nos pauvres Alsaciens

S'approcher près de nous, sortant de leurs demeures ;

Je les ai vus pleurer, menacer les Prussiens,

Ces Prussiens qu'on voyait dans toutes leurs chaumiè-

[res,

Leur faisant supporter des outrages sanglants.

J'ai vu les Allemands, dans leurs fureurs altières,

Frapper de doux vieillards recourbés par les ans.

Nous avions traversé presque tout le village,

Etant près d'arriver en face deux maisons

Qui se trouvaient avoir toutes deux un étage,

Quand aussitôt je vois, dès que nous arrivons,

Deux postes de Prussiens se mettre sous les armes.

Au même instant, j'entends partir d'un de nos forts

Un obus si violent, qu'il double nos alarmes.

Chacun fuit où il peut... Oh ! je vois mes efforts

Quand, craignant les Prussiens qui nous croyaient en

[fuite,

Ils baissaient leurs fusils pour nous tirer dessus.

Je criais aux Français : « Rapprochez-vous de suite,

« Prenez garde aux Prussiens beaucoup plus qu'à l'obus. »

Mais ils couraient partout, n'ayant toujours en vue

Que l'obus qui sifflait en se rapprochant d'eux.

Je l'entends, il arrive en déchirant la nue.

J'étais près d'un Prussien, qui, d'un regard curieux,

L'attendait, s'en moquant comme de chose pire.

Je courais me cacher derrière un petit mur,

Quand l'obus tout à coup éclate et se déchire,

Lançant sur l'Allemand un morceau de fer dur.

Cet Allemand chancelle, et je le vois à terre ;

Il venait de tomber frappé mortellement.

On enlève son corps, qui défiait naguère

Cet obus meurtrier, ce terrible élément.

Enfin nous nous mettons de nouveau tous en ligne ,

Puis nous continuons notre triste chemin.

Il pleuvait. Je sentais, d'une malice insigne,

L'eau couler sur mon dos, ruisseler sur ma main.

Nous avions déjà fait un demi-kilomètre,

Nous venions de gravir une longue hauteur.

Je sentais toujours l'eau qui, tombant sur mon être,

Me donnait le frisson, comme ferait la peur.

Soudain je vois, j'entends de notre citadelle

Nous venir un obus que l'on lance sur nous.

Chacun de se coucher, de courir de plus belle ,

Cherchant un lieu caché pour s'y blottir dessous.

Je le vois éclater, se couper en cent pièces,

Lançant à mes côtés ses éclats dangereux.

C'était fini pour nous, ces petites caresses

Que Belfort nous donnait d'un entrain si joyeux.

A partir de cette heure on nous laissa tranquilles,

Les Français ne pouvant nous atteindre aussi loin.

Nous en avions assez de tous leurs projectiles,

Dont je n'ai pu savoir quel était le besoin.

En marchant, les Prussiens nous faisaient la causette,

Par des gestes sans fin, causant notre embarras.

Un Français alsacien, nous servant d'interprète,

Répondait aux Prussiens, qu'on ne comprenait pas.

Ils étaient si contents, qu'ils donnaient leurs cigares

A ceux des prisonniers qui désiraient fumer.

De leur grossier tabac, ils ne sont pas avares,

Nous donnent jusqu'au feu pour pouvoir l'allumer.

Depuis un bien long temps nous suivions notre étape;

J'étais las, fatigué, ne pouvant plus marcher.

Les Prussiens, me voyant, craignant que je m'échappe,

S'attardaient près de moi, me faisant dépêcher

Pour rejoindre aussitôt le restant de la troupe.

Dans un petit hameau dont je n'ai souvenir,

Je vois les habitants nous apporter la soupe ;

Les autres, nous voyant, s'empressent d'accourir,

L'un apportant des noix, l'autre apportant des pommes ;

Ils nous serrent les mains, déplorent nos malheurs ;

Les femmes priaient Dieu. Je vis aussi les hommes
Rouler dans leurs grands yeux, quelques larmes, des
                                        [pleurs.
J'ai vu ces pleurs couler sur vos mâles figures,
Merci! bons Alsaciens, merci pour vos secours!...

   Les Prussiens avaient fait préparer deux voitures.
Dans l'état, ne pouvant poursuivre mon parcours,
Je demandais au chef que l'on me mît dans une.
Je le vois hésitant, prêt à me refuser,
Trouvant de prime abord ma demande importune ;
Il me fait signe enfin. Je m'empresse d'user,
Sans le remercier, du droit qu'il me concède.
Nous partons, il pleuvait..... Je sentais sur mon dos
L'eau froide ruisseler sur mon corps presque tiède ;
Cette eau, je la sentais me pénétrer les os ;
Mais il fallait marcher, oublier sa souffrance.
Cheminant, je causais avec mon conducteur.
C'était un homme jeune, alsacien de naissance,
Lieutenant de dragons sous notre ex-empereur ;
Il avait brusquement délaissé sa carrière
Pour revenir aux champs reprendre ses labours,
Préférant aux plaisirs sa modeste chaumière.
Nous fûmes vite amis dès son simple discours.
   « Vous pouvez, me dit-il, tromper la surveillance
   « Des soldats allemands chargés de vous garder.

« Par là, je sais des bois où vous auriez la chance
« De trouver un refuge et de vous évader,
« Sans craindre les Prussiens ni toutes leurs poursuites. »
J'étais trop fatigué pour vouloir m'échapper ;
Puis, pour mon compagnon, je pressentais les suites
De mon brusque départ. Sans me préoccuper
Du moyen qu'il m'offrait de fuir la tyrannie
De ces sales soldats que l'on nomme Prussiens,
Nous prenions le galop sur la route aplanie
Qui devait nous conduire auprès de nos gardiens...
Pendant tout le trajet, ils craignaient la venue
D'un corps de francs-tireurs qui causaient leurs tracas.
Je voyais un uhlan, sa course continue,
Pour trouver l'ennemi que nous ne vîmes pas.
Nous allâmes longtemps, marchant vers la Chapelle,
Suivant presque toujours des sentiers tortueux.
Le jour baissait déjà, sa lumière infidèle
Fuyait pour nous donner un demain pluvieux.
A quatre heures sonnant au clocher d'un village,
Nous entrons dans un bourg où nous devions coucher ;
Aussitôt les Prussiens de tout le voisinage
Accourent sur nos pas pour nous voir déboucher
Sur la route sans fin dont ils étaient les maîtres.
On nous compte deux fois avant de pénétrer

Dans une chambre basse, où six soldats chevêtres

Nous poussent durement pour nous y faire entrer.

La nuit était venue, emportant avec elle

Le jour qu'il nous fallait pour voir où nous étions.

Nos habits tout mouillés, réunis pêle-mêle,

Dans un état affreux, debout nous attendions

Qu'on nous donnât du pain, que l'on mît de la paille

Sur ces dalles de pierre où nous allions dormir.

La porte s'ouvre enfin, me laissant voir la taille

D'un colosse prussien qui vient pour nous servir

Un morceau de pain noir à peu près immangeable.

Il sortait, quand d'un signe arrêtant son départ,

Je lui montrais le sol. D'un geste imperturbable

Il me dit qu'il n'a rien, puis aussitôt il part.

Cependant je le vois venir en tout hâte,

M'apporter dans ses mains quelques débris de foin.

C'était trop peu pour tous. L'étendant, je le tâte;

Puis, me couchant dessus, je m'endors dans un coin.

A peine le matin, le jour vient de paraître,

Que nous sommes debout, prêts à pouvoir partir.

Pour nous donner de l'air, j'entr'ouvrais la fenêtre,

Quand un sabre brillant au mur vient s'aplatir.

Nous étions bien gardés!... Les soldats de Guillaume

Connaissaient leur métier de cerbères-geôliers.

Nous partions, quand je sens un café dont l'arome
Vient activer la faim des pauvres prisonniers.
Les braves habitants de notre chère Alsace,
La nuit, pensant à nous, ils avaient préparé
Un modeste repas, que notre faim vorace
Absorba d'un seul trait dès qu'elle l'eut flairé.
Comme le jour d'avant, je montais en voiture;
En marchant, on m'apprit que j'étais nommé chef
De tous les prisonniers. J'acceptais sans murmure
Cet emploi, qu'un sergent me donnait d'un ton bref;
Je m'en fusse passé, si ce ne fût un ordre;
Aussi sans sourciller, j'en prenais mon parti.
Mais il fallait prévoir une fuite, un désordre,
Dont m'eût rendu l'auteur, mon sergent abruti.
Je disais aux Français d'éviter toute fuite,
Me trouvant engagé vis-à-vis des Prussiens;
Ce fut bien convenu. Cheminant à leur suite,
Nous marchâmes longtemps auprès de nos gardiens.
Souvent nous traversions, soit un bourg, un village;
Partout on nous donnait des fruits, du vin, du pain;
Je recevais aussi parfois, sur mon passage,
Des gros sous, de l'argent, qu'on glissait dans ma main.
Marchant sans faire arrêt, nous recevions la pluie;
L'hiver nous éprouvait par son rude frimas.

La reine de l'automne ailleurs s'était enfuie,

Emportant son soleil, nous laissant le verglas.

Nous voyons Ensisheim à près d'un kilomètre,

Nous entrons dans son bourg. La population,

Accourant sur nos pas, entre nous tous pénètre,

Voulant nous faire fuir. Devant cette invasion,

Je vois notre sergent organiser sa troupe,

Menaçant les Français de leur tirer dessus.

J'entends ses rauques cris, que sa voix entre-coupe ;

Je vois ses gestes fous et ses ordres confus

Nous montrant sa fureur, ses désirs de vengeance.

Il n'en fut rien pourtant. Nous fûmes sans arrêt

Au delà d'Ensisheim, où nous eûmes la chance

D'avoir un court repos, que je pris sans regret.

Quelques bons habitants, nous suivant sur la route,

Apportent avec eux soit des fruits, des gâteaux.

Assis sur un talus, chacun de nous en goûte,

N'en laissant perdre un brin, ramassant les morceaux

Qui tombaient sur le sol. Le vin blanc on nous verse,

Il coulait à pleins bords dans de grands gobelets ;

Nous vidions un flacon, un autre était en perce,

Sans nous préoccuper des funestes effets

De ce petit vin blanc, qui, comme le champagne,

Fait pétiller l'esprit, puis finit par *fioler*.

Le vin blanc est fini, le kirsch l'accompagne,
Emportant nos ennuis, que je vois s'envoler.
Mais, pendant qu'on buvait, je m'approchais d'un homm
Qui, debout et pensif, suivait d'un œil rêveur
Notre faim, notre soif, dignes d'un gastronome.
Il pensait, souriant de voir notre bonheur;
L'abordant, je lui dis : « Vous êtes de l'Alsace ?
« — Je suis d'ici, dit-il, tout prêt à vous servir.
« Demain soir à Belfort, je serai dans la place,
« Aux Français je ferai vos lettres parvenir. »
Me cachant, j'écrivais en lui faisant promettre
De donner mon écrit au brave lieutenant,
Mon camararde Auquier... Lui remettant ma lettre,
Je glissais dans sa main une pièce d'argent ;
Mais il ne voulut point accepter cette pièce,
La laissa dans ma main, puis me quitta joyeux.
Au signal des Prussiens, chacun de nous se dresse ;
Aux braves Alsaciens nous faisons nos adieux,
Puis suivons le chemin de la terre étrangère.
Marchant, malgré la pluie, assez alertement,
Nous fûmes fredonnant. C'est notre cararactère
De rire, de chanter aussi légèrement,
Sans nous préoccuper des malheurs de la France.
Français ! change ce fonds, reviens de tes erreurs ;

Sache chanter, s'il faut, quand te vient l'espérance;

Mais, en nos jours de deuil, laisse couler tes pleurs.

Allant sur Wittelsheim, partout sur le passage

Nous voyons s'avancer d'innombrables charrois,

Traînant du pain, des bœufs, les autres du fourrrage;

Sur la route, ils roulaient ces immenses convois,

Portant aux Allemands la saine nourriture

Que l'intendance avait fait pour eux préparer.

Nous voyons défiler la dernière voiture;

« Cela fait trois cent sept, » j'entendis murmurer.

Oui, Français, trois cent sept! c'est un nombre incroyable;

Près de moi, cependant, j'ai vu ces chars passer.

Ah! si notre intendance avait été capable!....

Français! songez-y bien, je ne veux y penser....

Wittelsheim s'aperçoit. Entrant dans son village,

Je vois venir à nous sa population.

Devant une maison, s'arrête l'attelage;

J'en descends épuisé, souffrant d'une fluxion.

Pour nous voir de plus près, on nous pousse, on nous

Nous nous laissons mener par ce reflux humain. [presse;

Tout à coup les Prussiens parlant avec rudesse,

Forcent les habitants d'entr'ouvrir le chemin.

Le tour était joué, car un de nos mobiles

Avait pu s'échapper, je n'ai trop su comment.

C'était fâcheux pour moi. Mes craintes puériles

Pressentaient les fureurs du sergent allemand....

Nous montons l'escalier de la maison d'école,

Dans une vaste salle on nous fait pénétrer.

Sur ses bancs peints en noir chacun de nous s'isole ;

La tête dans nos mains, je nous surprends pleurer.

Pleurez, jeunes soldats, oui, pleurez sur la France.

Voyez, elle chancelle aux pieds de nos vainqueurs,

Elle tombe criant : Vive la résitance !

« Viens, Français, défends-moi, je succombe et je meurs. »

Elle meurt, en effet, cette France chérie,

Et sa voix épuisée appelle ses enfants.

Non, tu ne mourras pas, ô divine Patrie !

Vois voler près de toi tes nombreux combattants.

Les vois-tu s'approcher, essuyer tes blessures,

Retirer de ton sein ce glaive teint de sang ?

France, relève-toi ! c'est assez de tortures ;

Parmi les nations, viens reprendre ton rang...

Nos larmes s'écoulaient en ces jours de détresse ;

Nous pleurions de douleur, voulant te secourir.

France, tu nous a vus plongés dans la tristesse,

Quand des chaînes aux mains nous forçaient d'obéir

A ce peuple orgueilleux, cette race allemande,

Qui triomphait alors d'un triomphe d'un jour ;

Mais ce jour finira. France, que Dieu m'entende !

Tu vaincras l'ennemi, tu prendras Metz, Strasbourg.

J'étais anéanti quand au loin ma pensée

S'égarait sur le sol que foulait l'étranger.

Mais peut-être, plus tard, mon idée insensée,

Poursuivant son chemin, pourra nous diriger

Sous le ciel allemand, sur Berlin capitale ;

Alors malheur à nous ! malheur à vous, Prussiens !

Nous étions trop nombreux pour coucher dans la salle

Où l'on nous avait mis. Le voyant, nos gardiens

Nous mirent par moitié dans la salle voisine.

On allume du feu dans un vaste fourneau

Qu'on eût dit placé là pour faire la cuisine ;

Puis séchons nos habits, qui laissaient goutter l'eau.

Nous étions enchantés de pouvoir enfin prendre

Un repos désiré depuis près de trois jours,

De chauffer notre corps, de sentir se détendre

Tous nos nerfs engourdis par le froid du parcours.

Il faisait déjà nuit quand sonnèrent cinq heures ;

On vint nous annoncer qu'un excellent souper

Serait distribué dans nos chaudes demeures.

A peine l'eut-on dit, que j'entendais frapper :

C'étaient les habitants de ce pauvre village

Qui venaient apporter toutes leurs provisions.

Je vois le pain, le vin, la viande, le laitage,

Le lard, ce lard fumé qu'en maintes occasions

On vous sert aux repas dans les pays d'Alsace.

Ils mangeaient ; je servais aux heureux prisonniers

Les mets, le doux vin blanc, qui toujours trouvaient
[place

Dans nos grands estomacs, dans nos profonds gosiers.

Enfin tout fut fini, les plats se trouvant vides.

Il nous fallut songer au sommeil bienfaiteur

Que le corps réclamait, dans ses besoins avides.

Nous allions sur le sol nous coucher sans frayeur

Quand la porte, s'ouvrant, laisse passer la paille

Que de bons jeunes gens nous apportent en tas ;

Nous la rangeons à terre, autour de la muraille,

Puis nous nous endormons sur ces doux matelas.

La nuit, les rêves noirs, agitant ma pensée,

Viennent fondre sur moi, tourmenter mon cerveau ;

Je vois la France en deuil, par les peuples chassée,

Tenir entre ses mains un restant de drapeau.

« Peuples, secourez-moi, voyez, je suis la France,

« Criait-elle de loin à de noirs assassins ;

« Au moment des dangers, j'ai pris votre défense ;

« A moi, peuples du Nord, à moi, peuples latins ! »

A peine elle disait, qu'un homme sacrilége,

S'avançant à ses pieds, la frappait d'un couteau.

« Assez de sang versé, » lui criait son cortége ;

L'assassin ricanait, la frappant de nouveau...

« Qu'elle meure, hurlait-il, cette prostituée,

« Lâches ! frappez-la donc comme moi je le fais. »

Ils s'en lavaient les mains. Soudain une nuée

Les environne tous de son brouillard épais.

Je n'ai plus devant moi que la France éperdue

Cachant son corps meurtri dans les plis d'un drapeau.

Je la vois s'affaisser, je la vois étendue ;

Elle est morte, Français ! Connais-tu son bourreau ?

Le matin, tous sur pied nous étions à six heures,

Prêts à continuer notre triste parcours.

Le soleil de novembre entrait dans nos demeures,

Le nord soufflait le froid qui donne les beaux jours.

Dès le réveil venu, je vois paraître un homme,

C'était le sacristain de la localité ;

De la part du vicaire, il apportait la somme

Que ce dernier avait dans son humanité

Remise pour nous tous. Cet homme vénérable

N'osa nous partager (craignant son émotion)

Cet argent qu'il donnait de sa main charitable ;

Je prenais cet argent. La distribution

Je fis à nos soldats réunis dans les salles.

Il manquait quatre francs pour parfaire l'appoint

Sans faire de jaloux, rendre les parts égales.

Le sacristain le vit ; malgré son embonpoint,

Il courut nous chercher trente nouvelles pièces.

Je donnais à chacun un demi-franc de plus,

Que je vis remiser dans nos petites caisses.

La joie était partout, quand brusquement je dus

Rendre compte aux Prussiens du départ du mobile

Qui, la veille, s'était prestement évadé.

Me défendre contre eux , c'était peine inutile.

J'attendis donc sans peur que l'on eût décidé

Sur le sort qu'on allait infliger au coupable.

Coupable j'étais seul vis-à-vis des Prussiens ,

Mon cas était curieux : c'était un cas pendable

D'avoir laissé partir un Français , un des siens....

Ils clignèrent les yeux avant que de rien dire ;

S'excitant tout à coup du geste, de la voix ,

Ils croyaient m'effrayer quand je devais en rire.

Me moquant de leurs cris, riant d'un air narquois,

J'avais ainsi le don d'agacer leur colère.

Les sergents me parlaient, je n'y comprenais rien.

Je ne répondais pas , préférant de me taire ;

J'attendais, bras croisés , la fin de l'entretien.

Mon sort étant fixé , j'entrevois une femme

Qni venait apporter quelques menus objets.

M'interrogeant alors, j'entends monter la gamme

Des cris de mes Prussiens. J'entrevois les reflets

De leurs yeux en courroux. Ils hurlaient, mais ma tête

S'agitait pour nier ce qu'ils disaient de moi.

La femme à mes côtés, me servant d'interprète,

Bégayait quelques mots qu'arrachait son émoi.

Tout à coup du départ entendant donner l'ordre,

Je suivais les Français au bas de l'escalier ;

Me cachant derrière eux, profitant du désordre

Je partais satisfait du hasard singulier

Qui me sortait des mains de mes sergents terribles.

Nous partons. Il gelait. La bise en sifflottant

Faisait plier les bois de nos forêts flexibles.

Je marchais fatigué, tout mon corps tremblottant ;

J'attendais qu'on me fît monter dans la voiture.

Mes jambes se pliaient, mes pieds endoloris

Me forçaient par moment d'arrêter mon allure.

Luttant contre le mal, tous mes membres meurtris,

J'essayais, mais en vain, de reprendre ma marche.

Les Prussiens me fixaient ; méfiants à l'excès,

Ils espéraient me voir tenter une démarche

Auprès de leur sergent. Je doutais du succès

(Connaissant ses soupçons) d'une telle entreprise.

Je le vois tout à coup abaisser ses deux mains.

On m'entoure, on me prend. Quelle fut ma surprise

De me voir sur le char, assis sur des coussins,

Me sentir cahoter au milieu de la route !

J'en étais ébahi. Moi, qu'on devait avant

Ou pendre ou fusiller (cela ne faisait doute),

Me trouver brusquement bien assis, bien vivant !

Ces Allemands parfois sont vraiment grandioses.

Je me sentais heureux, on le serait à moins,

En voyant des fusils se transformer en roses.

Je me couvrais un peu, prenant beaucoup de soins

Pour éviter le vent, qui soufflait avec rage.

Soudain j'entends un cri, signal de l'évasion.

Nous devions à ce cri, comptant sur mon courage,

Fuir avec six Français. Au moment de l'action,

Nous franchissions les bois se trouvant sur la route ;

Là Meyer l'Alsacien, aidé par ses amis,

Devait, au prix du sang, tuer coûte que coûte

Les Prussiens qui sur nous tourneraient leurs fusils.

Mes Français au signal relèvent tous la tête,

Vers moi, sur la forêt reportent leurs regards.

Ils allaient s'évader, braver feux et tempête,

Quand, me voyant défait, voyant mes yeux hagards,

Ils restent indécis s'ils doivent donner suite

Au projet convenu. Ils marchent hésitants
Sans penser que le temps empêcherait leur fuite.
Tout à coup des clairons et des tambours battants
Font sonner dans les airs une marche guerrière.
Aussitôt, devant nous, j'aperçois défiler
Des soldats, des canons écrasant notre terre :
C'était un corps prussien. Il venait stimuler
Ses frères de Belfort. Envoyé par Guillaume
Il avait vu Strasbourg. Brisach était réduit,
Ecrasé sous leurs pas comme un chétif atome.
Brûlé dans tous ses coins, Brisach presque détruit,
Les Prussiens s'en allaient détruire une autre ville.
Ah ! Brisach, où Lyon envoya ses enfants,
Dis-moi si tes soldats, dis-moi si la mobile
Surent tenir bien haut, sans être triomphants,
Le drapeau de l'honneur, ce drapeau de la France !
Les échos me l'ont dit. Neuf-Brisach, dis-le moi,
Que nos frères aimés, voulant ta délivrance,
Sur tes murs écroulés seraient morts sans effroi ; .
Appelle par son nom celui qui fut un traître,
Défends contre un Conseil de jeunes défenseurs
Sur qui l'on fait jaillir le passé de son maître.

Les Prussiens devant nous défilaient en vainqueurs.
Ils passaient orgueilleux, sans contenir la joie

Qu'un vainqueur doit cacher aux vaincus malheureux.

Nous marchions, occupant la moitié de la voie.

En passant, je voyais des canons monstrueux,

Que douze forts chevaux entraînaient sur la route,

Rouler le nez en l'air, tourner la tête au vent.

Vous rouliez, inconscients de tout ce qu'il en coûte

De vos feux meurtriers, quand, nous passant devant,

Vous alliez, sans remords, à la mère éplorée

Ravir son fils aîné, le soutien du foyer,

Quand vous alliez encore à son âme navrée

Lui blesser son dernier. Mère, vois cet acier,

Regarde ce canon : c'est un foudre de guerre !

Maudis-le maintenant, car tu verras un jour

Ce canon te tuer tes fils, un frère, un père !

Les Prussiens cependant, quand survint un détour,

Nous laissèrent couper leur mobile colonne ;

Ils marchaient par milliers, avançant pas à pas ;

Leur nombre était si grand, que mon âme frissonne

Quand je pense aux amis qu'ils m'ont tués là-bas.

Arrivés vers le soir dans un petit village,

Nous sommes hébergés par de bien bonnes gens.

On nous donne d'abord du pain et du fromage ;

Puis, une heure plus tard, je vois les habitants

Nous servir un souper tellement magnifique,

Que je crus un moment que nous étions des rois.

Me trouvant dans un coin, assis, mélancolique,

Je refusais les mets qu'on m'offrit maintes fois.

Je souffrais, épuisé, mourant de lassitude ;

J'attendais, impatient, le moment du repos.

Ce moment vint enfin où, suivant l'habitude,

A des planches de bois je confiais mon dos.

Je pensais sommeiller ; ma poitrine oppressée

Essayait, mais en vain, de pousser un soupir.

Vers moi courait la mort, haletante, empressée ;

Pauvre soldat du Rhône, il me fallait mourir !

Mourir ! quand au combat j'entendais la mitraille

Siffler auprès de moi, me couvrant de débris ;

Oh ! mourir là captif ! quand pendant la bataille

Je fusse mort cent fois pour sauver mon pays.

Mort, va-t'-en, fuis au loin ! je veux venger la France ;

Pour elle je vivrai ; tu me prendras demain !

Je vécus ! Supportant mes douleurs, ma souffrance,

J'attendis de Colmar qu'on suivît le chemin.

Les Prussiens m'avaient mis au fond de leur voiture ;

Je roulais avec elle, étant évanoui.

Lorsque vint mon réveil, la nuit était obscure ;

Dans un lit d'hôpital on m'avait enfoui ;

J'avais dormi cinq jours, passant pour mort la veille.

Soudain je me levais d'un bond sur mon séant ;

Ciel ! des blessés partout, je vois des morts qu'on veille.

Voilà vos œuvres, rois , comblez ce trou béant!

Depuis mort au combat, en défendant la France,

Mes amis m'ont prouvé qu'ils virent un boulet

Couper ma tête en deux.... Amis, j'eus plus de chance,

Voyez, je suis vivant.... venez-voir, s'il vous plaît

FIN.